Copyright © Brenda Ponnay 2017

© 2018 by Xist Publishing All rights reserved
Translated by Lenny Sandoval

All Rights Reserved. No portion of this book may be reproduced without express permission from the publisher.
First Bilingual Edition
ISBN: 978-1-5324-0637-9
eISBN: 978-1-5324-0639-3
Published in the United States by Xist Publishing
www.xistpublishing.com
PO Box 61593 Irvine, CA 92602

Happy Birthday, Little Hoo!
¡Feliz Cumpleaños pequeño Buho!

Brenda Ponnay

On Monday, Little Hoo asked, "Is today my birthday?"

¿El Lunes, el pequeño búho pregunto, "¿es hoy es mi cumpleaños? "

"Not today, Little Hoo," said Mama Hoo. "TEN more days until your birthday."

"No es hoy pequeño búho," le dijo la mama Búho. "faltan DIEZ días para tu cumpleaños "

On Tuesday, Little Hoo asked,
"Is today my birthday?"

El martes, el pequeño búho pregunto,
"¿Es hoy mi cumpleaños? "

"Not today, Little Hoo."
"Today is Market Day.

"No es hoy pequeño búho,"
Hoy es día de ir al supermercado".

"NINE more days until
your birthday."

"Nueve días para que sea tu cumpleaños"

On Wednesday, Little Hoo asked, "Is today my birthday?

"No, Little Hoo. Today we go to the piñata store."

El Miércoles, el pequeño búho pregunto,
"¿Es hoy mi cumpleaños?"

"No pequeño búho.
Hoy vamos a la tienda de las piñatas"

EIGHT more days until your birthday.

OCHO días más para que sea tu cumpleaños.

On Thursday, Little Hoo asked,
"Is today my birthday?"

El Jueves, el pequeño búho pregunto,
"¿Es hoy mi cumpleaños?"

"No, Little Hoo. Today is Mail Day.
SEVEN more days until your birthday!"

"No, pequeño búho.
Hoy es día de mandar el correo.

SIETE días más para que
sea tu cumpleaños"

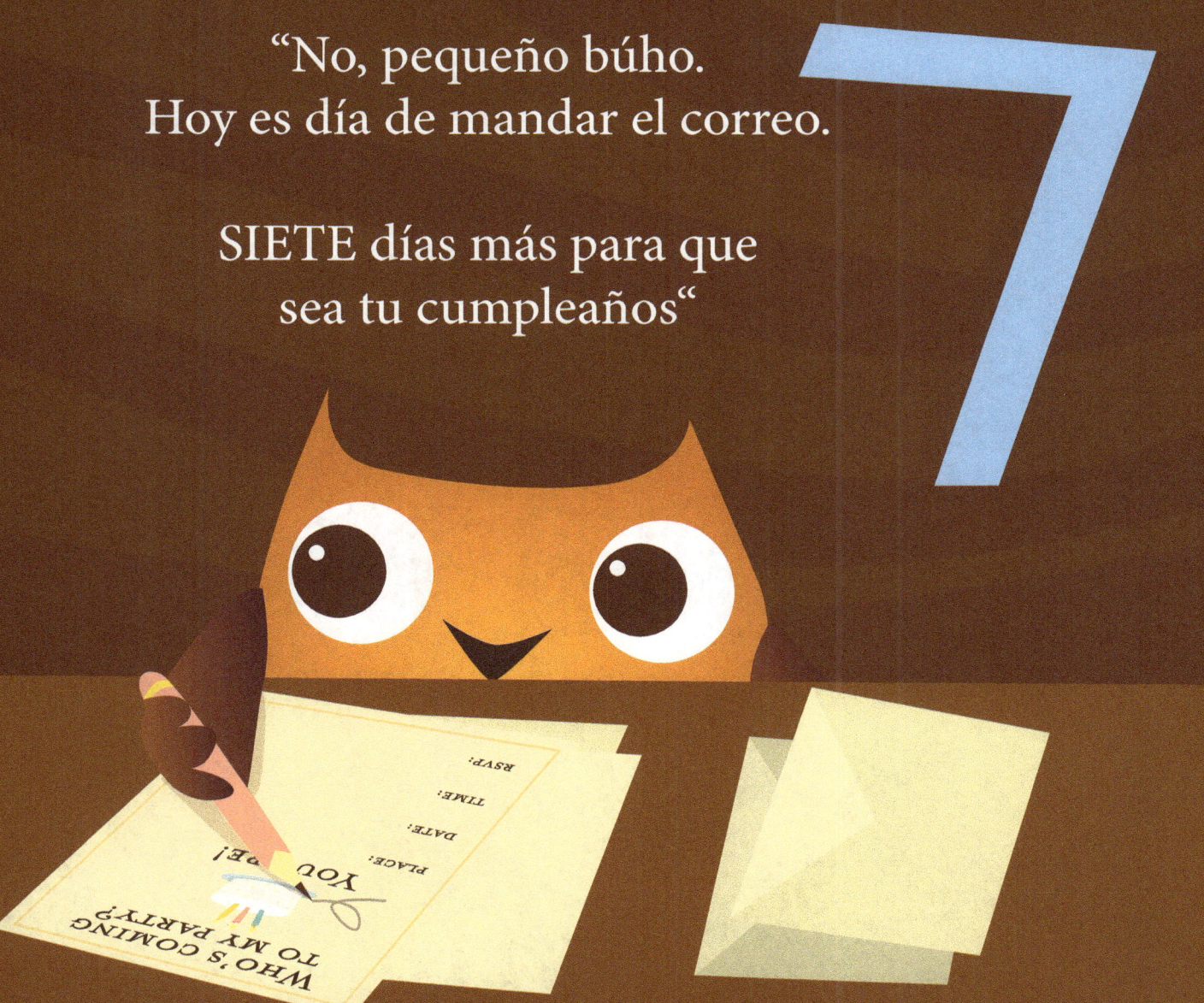

On Friday, Little Hoo asked,
"Is today my birthday?"

El Viernes, el pequeño búho pregunto,
"¿Es hoy mi cumpleaños"

"No, Little Hoo.

Today is Laundry Day.

SIX more days until your birthday!"

"No, pequeño búho. Hoy es día de lavar.
SEIS días más para que sea tu cumpleaños"

On Saturday, Little Hoo asked, "Is today my birthday?"

"No, Little Hoo. Today is Help-Your-Dad-in-the-Yard Day. FIVE more days until your birthday."

El sábado, el pequeño búho pregunto, "¿Es hoy mi cumpleaños?"
"No, pequeño búho. Hoy es día de ayudar a papa en el jardín. CINCO días más para que sea tu cumpleaños"

On Sunday, Little Hoo asked,
  "Is today my birthday?"

El Domingo, el pequeño búho pregunto,
  "¿Es hoy mi cumpleaños?"

"No, Little Hoo.
Today we are going to the candy store.

FOUR more days until
your birthday!"

"No pequeño búho. Hoy vamos a ir a
la tienda de dulces.

CUATRO días más para que sea
tu cumpleaños"

On Monday,
Little Hoo asked,
"Is today my birthday?"

"No, Little Hoo.
Today is Library Day. THREE more days until your birthday."

"No, pequeño búho. Hoy vamos
a ir a la biblioteca.
TRES días para que sea
tu cumpleaños"

On Tuesday, Little Hoo asked, "Is today my birthday?" "NO, Little Hoo. Today is Clean-the-House Day

El martes, el pequeño buho pregunto. "¿Es hoy mi cumpleaños?" "NO, pequño buho. Hoy es dia de limpiar la casa

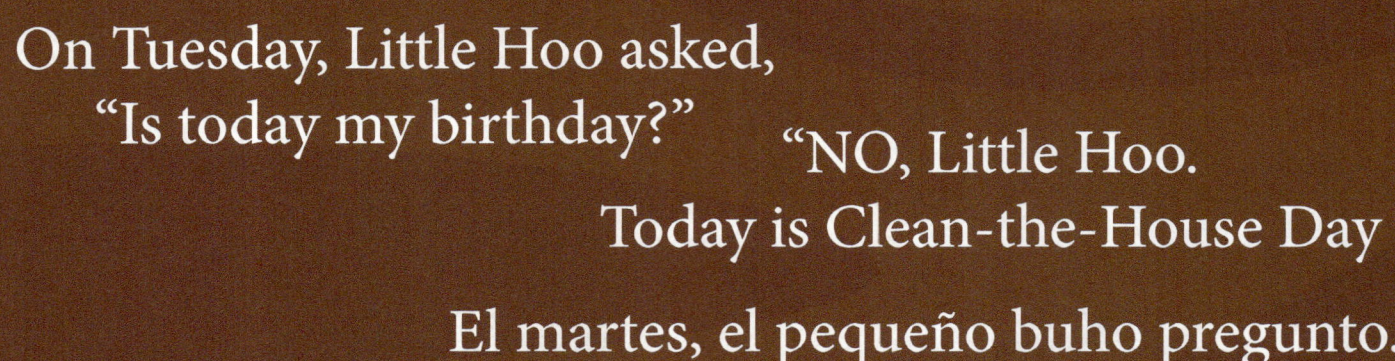

On Wednesday,
Little Hoo asked,
"Is today my birthday?"

El miercoles, el pequeño
buho pregunto. "¿Es hoy
mi cumpleaños?"

"NO, Little Hoo.
Today is Decorate-the-House
and Ice-the-Cake Day!

"No, pequeños buho. ¡Hoy es dia de decorar
la casa, y ponerle el betún al pastel!

On Thursday, Little Hoo asked,
"Is today my birthday?"

El jueves, el pequeño pregunto,
"¿Es hoy mi cumpleaños?"

MAKE YOUR OWN LITTLE HOO PARTY GAME!
¡HAZ TU PROPIO JUEGO DEL PEQUEÑO BUHO PARA LA FIESTA!

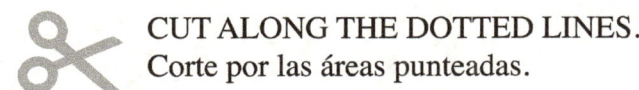
CUT ALONG THE DOTTED LINES.
Corte por las áreas punteadas.

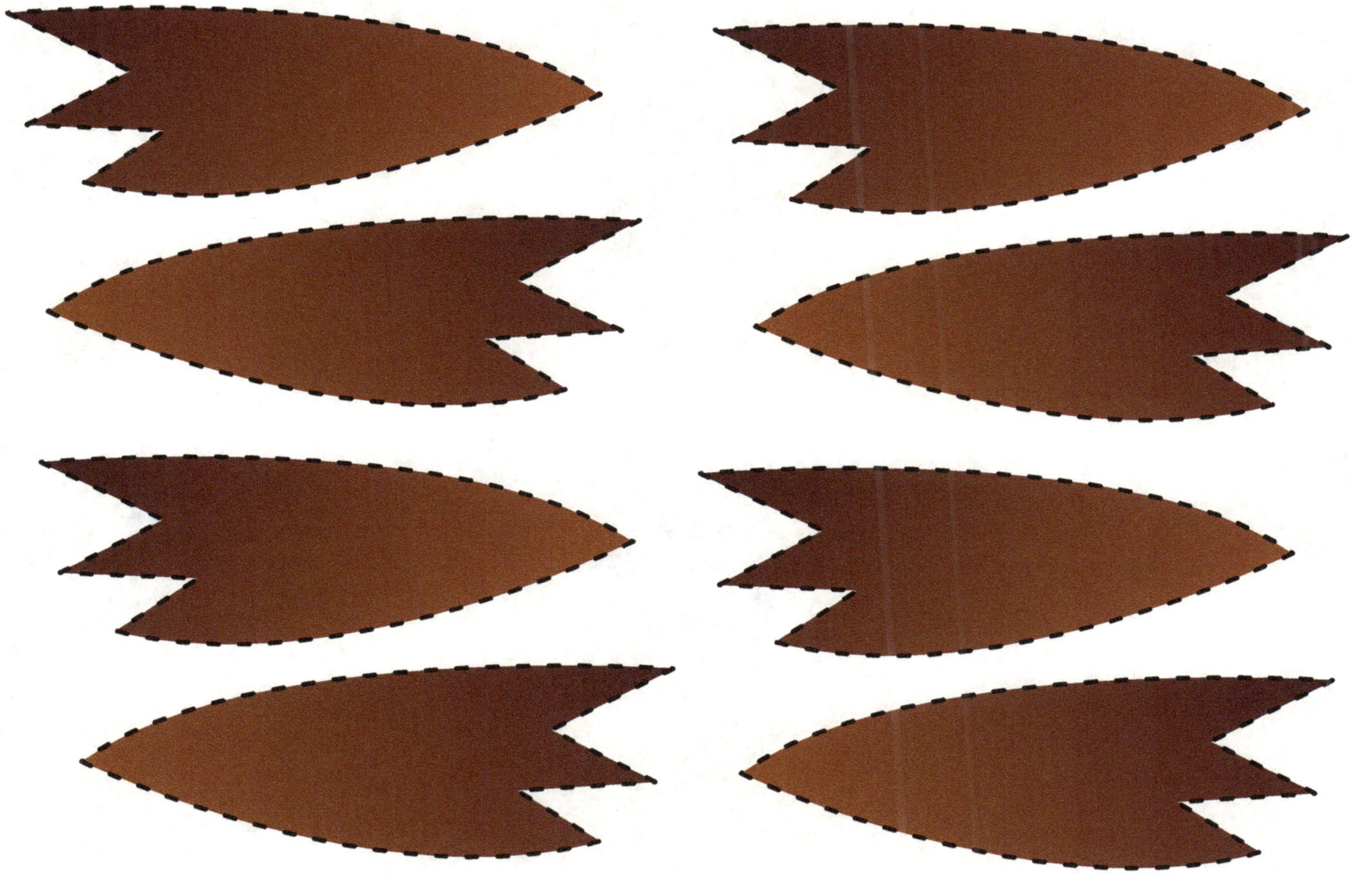

Cut out the wings and write your party guests names on the back.
Stick a piece of double-stick tape on each wing. Then blindfold each
guest, spin them around and play Pin-the-Wings-on-Little-Hoo!
Whoever gets the wings closest to where they should go, wins!

Corte las alas y en la parte trasera escriba los nombres de los invitados.
En cada ala coloque un pedazo de cinta adhesiva que tiene pegamento de los dos lados. Después cubra los ojos
del invitado que vaya a jugar primero, hágalo girar en un círculo, para después,
¡pegar-las-alas-en-el-pequeño-búho!
La persona que pegue las alas más cerca de donde deben de ir, ganara!

CPSIA information can be obtained
at www.ICGtesting.com
Printed in the USA
LVHW062253021019
633047LV00009B/40/P